AF451540

CATALOGUE

DE

TABLEAUX

ANCIENS ET MODERNES

DESSINS, GRAVURES

BIJOUX ANCIENS, MINIATURES, OBJETS DE VITRINE

Porcelaines, Faïences, Verrerie, Bronzes, Cuivres, Sculptures
Instruments de musique

MEUBLES ET SIÈGES ANCIENS

TAPISSERIES, ÉTOFFES

DONT LA VENTE AUX ENCHÈRES PUBLIQUES AURA LIEU

HOTEL DROUOT ✳ SALLE Nº 4

Le Mercredi 24 Avril 1889

A DEUX HEURES

Mᵉ ESCRIBE	M. A. BLOCHE
COMMISᵗᵉ-PRISEUR	EXPERT
Rue de Hanovre, nº 6	Rue de Châteaudun, nº 25

CHEZ LESQUELS SE DISTRIBUE LE CATALOGUE

EXPOSITION PUBLIQUE

Le Mardi 23 Avril 1889, de 1 heure 1/2 à 5 heures 1/2

PARIS — 1889

IMPRIMERIE MAULDE ET RENOU

A. MAULDE & Cie
IMPRIMEURS DE LA COMPAGNIE DES COMMISSAIRES-PRISEURS
Rue de Rivoli, 144

CONDITIONS DE LA VENTE

Elle sera faite au comptant.

Les Acquéreurs paieront, en sus des adjudications, CINQ CENTIMES PAR FRANC applicables aux frais.

Aucune réclamation ne sera admise une fois l'adjudication prononcée.

DESIGNATION

TABLEAUX, DESSINS, GRAVURES

1 — **Bonington** (Attribué à). Personnages sur une terrasse.

2 — **Callot**. Bohémiens en voyage. Quatre eaux-fortes.

3-4 — **Coignet** (Jules). Vues prises en Grèce. Deux pastels importants.

5 — **Coypel**. Bacchantes lutinant un satyre.

6 — **Crépin**. Paysage avec chute d'eau, figures de baigneuses et autres.

7-13 — **Desfriches**. Suite de sept charmants petits dessins très fins, paysages avec figures (signés et datés) au dos de chacun d'eux une dédicace signée.

14 — **Gavarni**. To be or not to be Très beau dessin (signé).

15 — **Gittard**. Paysage, coucher de soleil.

16 — **Leyendecker**. Pâturage.

17 — **Lintelo**. L'Éducation du caniche.

18 — **Palizzi**. Animaux sous bois.

19 — **Peschier** (N.-L). Daté 1661. Nature morte.

20 — **Potémont**. (Martial). Chemin entre deux champs de blé.

21 — **Robert** (Attribué à Hubert). Ruines de monuments antiques et figures.

22 — **Seignac**. La Prière.

23 — **Seignac**. Jeune Femme remontant sa montre.

24 — **Troyon** (Attribué à). Paysage avec animaux.

25 — **Wgorof**. Tête de femme. Peinture sur plaque de terre cuite.

26 — **Ecole française**. Adoration des Bergers.
Cadre en bois sculpté.

27 — **Ecole moderne**. Vue prise en Suisse.

28 — Trois Aquarelles modernes et une sépia
par de Jonghe. Paysages.

29 — Gravure en couleurs. Le Prix du Jockey-
Club en 1841.

BIJOUX, OBJETS DE VITRINE, MINIATURES

30 — Deux Étuis en vernis Martin, dont un garni
or.

31 — Petit Portefeuille Louis XIV en cuir cha-
griné, clouté d'or, avec crayon en or.

32 — Bonbonnière écaille blanche, garnie or,
avec gouache. Époque Louis XVI.

33 — Collier en or émaillé, enrichi de roses et
petites perles.

34 — Miniature. Portrait d'homme du temps de
Louis XVI. Écrin en galuchat.

35 — Treize Bagues ornées d'intailles, la plupart en or (Sera divisé).

36 — Bague Louis XIII, ornée d'un camée et de pierres de couleur.

37 — Épingle montée d'un camée.

38 — Cachet en jaspe.

39 — Montre en or, forme cœur, et sa clef. Epoque Louis XVI.

40 — Deux Clefs-cachets en or.

41 — Quatre Cachets en or, argent, fer et lave.

42 - Bague figurant un chevalier assis, en or émaillé enrichie d'un brillant.

43 — Lorgnon en or.

44 — Trois Fixés et un petit Émail.

45 — Cinq Pièces : intaille, Agate figurée, Flacon en jaspe, etc.

46 — Miniature sur ivoire : Vénus et Adonis.

47 — Deux Miniatures : Portraits de femmes du temps de Louis XVI.

48 — Trois Miniatures : Portraits de femmes.

49 — Miniature grisaille : Offrande au Dieu Pan.

50 — Miniature : Portrait de Francklin.

51 — Miniature : Portrait de guerrier.

52 — Gouache : Paysage.

53 — Éventail en nacre, avec peinture sur vélin : Le chiffre d'amour.

54 — Ancienne Décoration en argent.

55 — Boîte ronde en ivoire avec miniature : Portrait de Mme Dugazon.

56 — Bonbonnière en ivoire sculpté avec miniature : La Cruche cassée, d'après Greuze.

57 — Miniature sur ivoire : Portrait de Mme Élisabeth sur un fond de paysage, cercle en bronze ciselé.

58 — Miniature : Portrait de femme du temps de la Restauration, cadre en bronze doré.

PORCELAINES, FAIENCES, GRÈS VERRERIE
ÉMAUX

59 — Pot en grés émaillé bleu, couvercle étain.

60 — Cinq Vases antiques en terre cuite.

61 — Tonneau ancien en verre bleu, monture argent.

62 — Dix-sept pièces Vases, Coupes, Verres et autres en verre de Venise et d'Allemagne (Sera divisé).

63 — Tasse en vieux craquelé, décor à lotus.

64 — Théière en bocaro émaillé décor au dragon.

65 — Plat en faïence italienne, décor à ornements bleus et jaunes.

66 — Trois Bols en vieux Chine, famille rose.

67 — Deux Sucriers et deux Tasse avec Soucoupes en vieux Chine.

68 — Tasse à thé en Chine.

69 — Cabaret de cinq pièces en porcelaine de Saxe, décor genre chinois.

70 — Quatre Tasses à café en Saxe.

71 — Quatre Tasses à thé en Saxe gauffré, décor à fleurs.

72 — Pot à crème de Saxe.

73 — Vide-Tasses de Saxe.

74 — Compotiers en vieux Chine.

75 — Deux Salières de Chine.

76 — Deux Salières émail d'Allemagne.

77 — Assiette à pied émail de Chine.

78 — Soupière avec plateau et couvercle en por- celaine tendre à décor bleu.

79 — Deux Carreaux en faïence à dessins bleus, cadres en bois sculpté.

80 — Huit petits Plateaux en porcelaine de Chine à décor bleu.

81 — Compotier en faïence de Marseille, décoré d'un sujet : le Jeu de volant.

82 — Deux Groupes en grés de Chine.

BRONZES, CUIVRES, ÉTAINS, FERS

83 — Pendule horizontale de forme carrée en cuivre gravé, avec étui en cuir décoré d'ornements dorés aux petits fers et garni de ses ferrures, époque Louis XIII.

84 — Pendule d'applique en bronze ciselé du temps de Louis XVI, modèle à vase et mufle de lion; mouvement à crémaillère. Elle est appliquée sur une tablette en bois rose et marqueterie, ornée de bronzes et surmontée d'un médaillon en Wedwood.

85 — Paire de Flambeaux bronze ciselé, du temps de Louis XVI.

86 — Paire de petits Flambeaux bronze ciselé, du temps de Louis XVI.

87 — Paire de Flambeaux, cuivre repoussé.

88 — Paire de Flambeaux à colonne torse.

89 — Paire de Flambeaux cuivre gravé.

90 — Deux Flambeaux à deux lumières, dont un avec mouchette.

91 — Lampe ancienne en cuivre à trois becs.

92 — Paire d'Appliques à deux lumières, en bronze.

93 — Paire d'Appliques à une lumière, tenue par une main avec bras.

94 — Paire d'Appliques à une lumière, cuivre.

95 — Deux petites Lampes, style antique, en bronze.

96 — Groupe en bronze, le Sanglier de Calydon.

97 — Buste de Bonaparte en bronze.

98 — Coffret en étain, du temps de Louis XIV, avec inscription.

99 — Broc en étain gravé.

100 — Ancienne Plaque de cheminée, en fonte.

SCULPTURES

101 — Deux Socles Louis XIII, bois sculpté.

102 — Deux figurines en bois sculpté et peint, personnages de la Comédie italienne dansant.

103 — Poussah en pierre de Lard.

104 — Etui en bois sculpté et laqué chinois.

105 — Groupe en terre cuite : Faune et bacchante.

106 — Christ en ivoire.

INSTRUMENTS DE MUSIQUE

107 — Basse, signée Ant. et H. Amati, 1613.

108 — Violon signé Ant. Stradivarius, 1715.

109 — Violon signé Guke, 1715.

110 -- Violon signé Jacobus Plaine, 1615.

111 — Violon signé Aldric, 1804.

112 — Violon non signé.

113 — Alto.

114 — Plusieurs Archets de Henry, Peccate, etc.

MEUBLES

115 — Joli Bahut à deux corps en bois sculpté du temps de Louis XIII.

116 — Encoignure en bois rose et marqueterie du temps de Louis XV.

117 — Un Canapé et quatre Fauteuils en bois sculpté Louis XV, couverts en ancienne tapisserie d'Aubusson à vases de fleurs.

118 — Trois Cadres en bois sculpté du temps de Louis XIV.

119 — Cadre en bois sculpté Louis XVI.

120 — Encrier Louis XVI en acajou garni de bronzes.

121 — Chaise en bois sculpté, dossier à serpents.

122 — Coffre italien en bois gravé sur fond d'or. Epoque Louis XIII.

123 — Console style Louis XIV à dessus de marbre.

124 — Bahut hollandais à deux corps en marqueterie à fleurs, le bas à secrétaire et tiroirs, le haut à deux vantaux.

125 — Table console en bois sculpté et peint du temps de Louis XIV.

126 — Grande Armoire en bois sculpté.

127 — Glace avec cadre en bois sculpté et doré du temps de Louis XIV.

128 — Commode du temps de Louis XIV en bois de placage et marqueterie, ornée de bronzes.

TAPISSERIES, ÉTOFFES

129 — Portière en tapisserie ancienne à sujet biblique.

130 — Panneau en tapisserie ancienne : Persée délivrant Andromède. Bordure à fleurs.

131 — Tapisserie ancienne : La femme de Darius aux pieds d'Alexandre.

132 — Portière en tapisserie ancienne.

133 — Deux Chapes anciennes en soie.

134 — Portière en tapisserie d'Aubusson à corbeille de fleurs.

135 — Objets non catalogués.

A. Maulde et Cie, imprimeurs de la Cie des Commissaires-Priseurs, rue de Rivoli, 144.   200—96124